14901

ye

ODE
HISTORIQUE

SUR LA

RÉVOLUTION,

ET SUR LA

PAIX FUTURE.

Par J. M. Bart,

Créole de St.-Domingue, Auteur du Sonnet-Acrostiche sur

NAPOLEON LE GRAND,

&c.

⁂⁂⁂⁂⁂⁂⁂⁂⁂⁂⁂

14 Juillet 1806.

⁂⁂⁂⁂⁂⁂⁂⁂⁂

A LA NOUVELLE-ORLEANS,

de l'Imprimerie de Jean Renard, rue de

Chartres, No. 8.

ODE HISTORIQUE

Sur la Révolution, et sur la Paix future.

QUEL Génie aujourd'hui m'inspire,
Et portant ses feux dans mes sens,
Pour faire entendre mes accents,
M'oblige d'accorder ma lyre?
Ecoutez, ô Mortels! De nobles intérêts
Vont consacrer ces Vers, embellis de leurs traits.

Sous les lois de LA MONARCHIE,
La France jouissait en paix
Des vertus, des dons, des succès
D'un Roi, son idole chérie.
Mais dans ce Monde, hélas! est-il rien de certain,
Et se peut-on fonder en un bonheur sans fin?

Souvent un sinistre nuage
Du jour obscurcit le flambeau,
Et change l'instant le plus beau;
Au calme succède l'orage :
Comme dans l'Univers, le bien, proche du mal,
S'offre sans cesse à nous dans le Monde moral.

[4]

Quelles clameurs, quelles alarmes,
Ont éclaté de toute part !
Au gré du Gallique étendard,
Les Citoyens courent aux armes.
Qui change et meut l'esprit de cette Nation ?
Un terrible Décret, LA REVOLUTION.

Des Sages veulent, de leur Prince,
Fixer la juste autorité.
Au Congrès, plus d'un Député
Porte les vœux de sa Province ;
Et de nouveaux Statuts règlent avec éclat
Les droits sacrés du Peuple, et les lois de l'Etat.

Ce Congrès a-t-il mis un terme
A nos malheurs, à nos dangers ?
Soudain s'arment les Etrangers,
Et du Chef la voix n'est plus ferme.
Il veut fuir, mais en vain..... Son nom s'anéantit
Devant LA REPUBLIQUE, où son trône périt.

Jours de vengeance, ô temps funeste !
Le Sage n'est plus écouté.
Loin d'un Pays ensanglanté,
Loin des noirs forfaits qu'il déteste,
Il va sur d'autres bords offrir un pur encens
A la Paix, aux Vertus, charmes de ses vieux ans.

L'Esprit Révolutionnaire
Saisit les rênes de l'Etat.
Sous lui, tout tremble, tout combat.
Partout exaltant le Vulgaire,
L'égalité parfaite est le fort aliment
Par lequel il soutient son dur gouvernement.

Est-ce assez?... L'horrible Anarchie
Sur la France épand d'autres maux :
On voit Magistrats, Généraux,
Trahir, déchirer la Patrie,
De la Religion les temples abattus,
Le mérite opprimé, tous les droits confondus.......

Cependant un Dieu tutélaire
Veille sur l'Empire des Lys;
Et de toutes parts assaillis,
Sous leur tricolore Bannière,
Nos fiers Républicains portent partout l'effroi,
Au dedans, au dehors, dictent toujours la loi.

Tel, aux plaines de l'Ausonie,
Le Peuple-Roi, dans son essor,
Aidé de Jupiter Stator,
Acquit une gloire infinie.
Tel Hercule, vainqueur de ses nombreux Rivaux,
Se rendit immortel par ses rares travaux.

Ciel! quel coup fameux se prépare?
Robespierre, ennemi du bien,
De l'Anarchie affreux soutien,
Expire, et sa troupe barbare
Le suit aux sombres bords dont ils étaient sortis.
La France enfin respire au milieu des débris.

Pour quelque temps, cette victoire
Rassure la Convention;
Et du Peuple la sanction
Fait succéder un Directoire,
Deux Conseils divisés, formant l'auguste Corps
Par lequel de l'Etat se meuvent les ressorts.

Déja la grande République
A fait signer plus d'un traité,
Où des Rois ont accrédité
Son existence politique.
Mais de l'Inde et des Mers l'altier Dominateur,
D'une puissante Ligue est toujours le moteur.

Soudain, aux champs de l'Italie,
Marche un jeune et sage Guerrier.
Sous lui, le Soldat, l'Officier,
Brûlent d'illustrer la Patrie.
L'Austro-Sarde vaincu, craignant ce Conquérant,
Signe, à Campo-Formio, la paix du Continent.

L'An six goûta ces avantages.
Bonaparte, à d'autres succès,
Réserve encor le Nom Français.
Il va sur de lointains rivages.
Malte, à sa voix, se rend. Bientôt l'Egyptien
De son pénible joug voit rompre le lien.

L'Angleterre frémit, et tremble
Pour ses riches possessions
Dont l'or nourrit les factions
Dans l'Asie et l'Europe ensemble.
Elle appelle à grands cris les Rois coalisés,
Qui marchent de rechef, par elle électrisés.

Son or, contre le Directoire,
Soulève à propos l'Intérieur ;
Pendant que l'Ennemi, vainqueur,
Vole de victoire en victoire.
Masséna, sous Zuric, par d'heureux résultats,
Arrête enfin l'effort de quatre Potentats.

Au bruit des revers de la France,
Le Héros soupire, et d'abord
De l'Egypte il règle le sort ;
Sur les flots sans crainte il s'élance,
Arrive aux bords Français, où ses habiles mains,
De l'Etat ébranlé relèvent les destins.

Premier Consul, et Chef à vie,
Avec deux Collaborateurs,
Sur trois Corps, grands Modérateurs,
Bonaparte plane et s'appuie :
Conseil-Législatif, Tribunat et Sénat,
Soutiennent le Pouvoir dans le Conseil d'Etat.

De ce Chef l'auguste présence
Ranime partout les Esprits,
Enflamme les jeunes Conscrits,
Rétablit l'honneur, l'espérance :
Le Culte rappelé, recouvre ses autels,
De l'Ordre Social les liens éternels.

Par ses soins, ses veilles premières,
Le Code antique d'Orient
Fait place au Code d'Occident,
Plus conforme aux mœurs, aux lumières
Des générations qui le tiennent de lui :
Des droits et des devoirs guide sûr, noble appui.

Cependant sur ces entrefaites,
L'ennemi, fier de ses Soldats,
Demandant de nouveaux combats,
Compte de nouvelles défaites.
Frappé de ses revers, il cherche le repos :
La Paix, à Lunéville, adoucit tant de maux.

Un seul Rival reste à combattre :
L'Anglais, qui n'a plus d'autre espoir
Qu'en soi, craint enfin qu'un Pouvoir
Ne porte chez lui le théâtre
Des maux dont sa fureur accabla ses Voisins ;
Et la Paix générale est rendue aux Humains.

Rassurés par la Foi publique,
Nos Vaisseaux, cinglant sur les Mers,
Portent au bout de l'Univers
Les présents de la République.
Mais, ô punique foi ! les Flottes d'Albion
Courent soudain sur eux, sans Déclaration.

Que dis-je ? Suivant son système,
Elle arme l'Autriche et le Nord,
Et le Russe au farouche abord,
Et du Pont le Despote même.
De l'illustre Consul les jours sont menacés :
C'est en vain ; les méchants sont déja terrassés.

Pour assurer ses destinées,
La France alors, dans sa grandeur,
Proclame, élève UN EMPEREUR
Au rang des Têtes couronnées.
Sa gloire, ses succès, par le Trône affermis,
Flattent ses Alliés, choquent ses Ennemis.

B

Sur le front du Monarque auguste
Le Pape impose un sacré Sceau,
Bénit son Glaive, son Manteau,
Et calme le Culte et le Juste.
Deux Peuples aussitôt, sous la Salique Loi,
Confirment les pouvoirs de L'EMPEREUR ET ROI.

Napoléon prévoit l'orage :
Il rassemble ses Vétérans,
Comme lui, nourris dans les Camps.
Au Sénat il tient ce langage :
" J'ai tout fait, Sénateurs, pour conserver la paix ;
" Mais les Rois conjurés suspendent mes souhaits.

" Pleine de terreur, l'Angleterre,
" Voulant écarter de ses bords
" Les coups qu'apprêtent nos efforts,
" Nous entraîne encor dans la guerre.
" La Bavière envahie, attend un prompt secours :
" Je ferai mon devoir. Secondez-moi toujours. "

Il part ; et cent mille Courages,
A sa voix, brûlent tous d'ardeur :
" Soldats, appelés par l'honneur
" A venger six siècles d'outrages,
" Combattez pour la Paix, le Commerce et les Arts :
" Fermes sous vos drapeaux, maîtrisez les hazards.

" La Postérité vous contemple.
" Elle vantera vos exploits :
" Nos jeunes Guerriers, à sa voix,
" Voudront imiter votre exemple. "
Il dit ; la Grande Armée obéit au signal :
L'Autrichien, dans Ulm, subit un sort fatal.

Présage heureux, ce jour de fête
Est cher au Prince Bavarois,
Qui reprend son sceptre et ses droits.
Un Dieu conduit à la conquête
L'Empereur fortuné, ses Soldats triomphants,
Chassant tout devant eux, semblables aux torrents.

Le Fils chéri de la Victoire,
Chargé du destin des Lombards,
Guide leur force aux champs de Mars,
Et de son Chef soutient la gloire.
L'Archiduc Charle en vain oppose son grand cœur ;
Masséna le combat, toujours heureux vainqueur.

Muse, dis deux Faits mémorables.
Quatre mille Héros, surpris,
Sous le fier Mortier réunis,
A des phalanges formidables
Résistent vaillamment dans un terrible choc,
Nouveaux Léonidas, rangés au pied d'un roc,

Dans Inspruck, qui cède à nos armes,
Reposaient deux Drapeaux . . ., perdus!
Nos Braves les ont reconnus :
Muets, les yeux baignés de larmes,
Ils s'élancent soudain vers ces Gages chéris.
Quelle fête pour vous, Vétérans et Conscrits !......

❧❧❧❧❧❧

Les murs de Vienne et de Venise,
Libres des Russes oppresseurs,
Reçoivent des Libérateurs,
Appui de l'Autriche conquise;
Et le Bohémien, ainsi que le Hongrois,
A peine ose penser qu'il a changé de lois.

❧❧❧❧❧❧

Aux plaines de la Moravie
Le Chef a conduit ses Guerriers,
Désireux de nouveaux lauriers.
O belle époque de sa vie !
Austerlitz voit le jour de son Couronnement
Revenir, et produire un grand évènement.......

❧❧❧❧❧❧

Clio, du burin de l'Histoire,
C'est à toi de graver ces Faits
Si chers à L'EMPIRE FRANÇAIS,
Et de transmettre à la mémoire
Les résultats brillans de ce jour immortel,
Et de Presbourg enfin le traité solemnel.

Décris des Ligues l'impuissance,
De nouveaux Rois l'avénement,
D'anciens Trônes l'abaissement.
Dis la majesté de la France;
Vante ses Alliés, ses Peuples réunis,
Napoléon le Grand, au-dessus d'eux assis.........

O Sage, ô Héros magnanime,
Que ces élans de ton Sujet
Trouvent grâce, par leur objet,
Auprès de ton âme sublime! *tranquille et glorieux*
L'aigle, au sein des éclairs, ~~plongeant en sureté~~,
Contemple avec orgueil ~~les Cieux~~ la majesté *des Cieux*

Le Grand Peuple qui te possède,
Pour égaler ses actions
A tes vastes conceptions,
T'offre le lévier d'Archimède,
Avec ce point d'appui d'où ta puissante main
Pourra le diriger au gré du Genre Humain.........

Des bois de la Louisiane
Je pénètre un jour les sentiers,
Le cœur plein de ces doux pensers.....
A mes yeux s'offre une Cabane.
Curieux, je m'avance, et salue un Vieillard
Dont les traits, la couleur, étonnent mon regard.

Sa robe artistement nattée,
Ses cheveux aussi blancs qu'épais,
L'aspect du calumet de paix,
Et de sa baguette enchantée,
Son air majestueux, tout rappelle, en ces bois,
Les Druïdes cachés qu'honoraient les Gaulois.

❧

" Pardonne, ô Vieillard, m'écriai-je,
" Si vers toi j'ai porté mes pas :
" Comme toi, j'aime les appas
" De ces lieux où tu fais ton siège.
" J'appartiens à la France, et parmi tes Tribus,
" Je ressens je ne sais quels charmes inconnus. "

❧

" Frère, je chéris ta Patrie,
(Ainsi l'Indien me parla)
" Et j'ai pris l'être en Canada.
" Vois-tu ~~de ton Chef~~ l'effigie ?
" Elle rappelle, ici, les Français, et le jour
" Où la Louisiane annonça leur retour.

❧

" Ce bruit, propice à nos contrées,
" Par nos cœurs vivement senti,
" De Poste en Poste a retenti
" Jusques aux Mers hyperborées.
" J'arrive sur ces bords... Mais un nouveau Pouvoir,
" En y fixant ses lois, a frustré notre espoir.

" Je n'accuse ici que les Astres.

" Ton Chef, lisant dans l'avenir,

" Sans doute a voulu prémunir

" Ces lieux contre de grands désastres.

" Du Maître des Soleils adorons les desseins,

" Et de ma bouche apprends l'augure des Destins.

" Le Dix-neuvième Age s'élance

" Aux plaines de l'Eternité :

" Don de la Divine Bonté,

" Entouré d'un Cortège immense,

" Il marche, soutenu sur un nuage d'or,

" Qui répand de ses feux l'éclat multicolor.

" Les Instants, les Jours, les Années,

" Déposés dans ses vastes flancs

" Pour dispenser à tous les Rangs,

" Les sublunaires destinées,

" Naissent, passent déjà, se succèdent sans fin,

" Fruits sacrés que nourrit un ineffable Sein.

" A sa droite rangés, les Sages,

" Et tous les Guerriers bienfaisants,

" De la Terre illustres Enfants,

" Adressent de justes hommages

" Au Siècle qui promet la paix, la liberté,

" Les faveurs du Génie, et la prospérité.

" Portés sur de rares trophées
" Qu'orne la pompe des Beaux-Arts
" Réunis sous leurs étendards ,
" Ensemble vont deux Coryphées ,
" Dont l'un pour attribut a le Livre des Lois,
" Et l'autre les trésors et des champs et des bois.

※※※※※※

" *Mortels , qu'un faste séculaire*
" *Consacre chez vous le renom*
" Du Siecle de Napoleon ,
" *Dont brille à vos yeux la carrière !*
" *Soyez dignes des biens qui vont vous être offerts !*.....
" Ainsi parle une Voix au milieu des éclairs.

※※※※※※

" La foudre au même instant éclate ,
" Et ce spectacle merveilleux
" Disparaît soudain à mes yeux........
" De cet augure qui te flatte,
" Connais les doux secrets : vois ton heureux Pays,
" Toujours plus grand , comblé de succès inouis !.....

※※※※※※

" Par la loi du Chef qui dispose ,
" Le Batave , l'Helvétien ,
" Et l'Ibère , et l'Ausonien ,
" Voués à la commune cause ,
" Signalent de concert l'Empire d'Occident :
" Albion même , un jour , y joindra son trident.

" O Peuples ! enfin la Fortune
" Vous accorde un GENIE ardent,
" Guerrier, Magistrat transcendant,
" Pour la tuition commune :
" Vous vivrez plus heureux, soumis aux justes lois
" D'un Arbitre suprême, oracle de vos Rois......

" Le puissant Monarque de France,
" Des Rois le grand Médiateur,
" Et des Peuples le Protecteur,
" Exerce une égale influence ;
" Et son bras, réfreinant toutes les passions,
" Maintient l'ordre et la paix entre les Nations.

" Tel, cet Astre qui nous éclaire,
" Commande à vingt Globes errants,
" Roulant, en orbes différents,
" Au tour du Système Solaire :
" Tels mille Astres aussi, dans un ordre pareil,
" Vont de l'Eternité révérer le Soleil.

" Alors, les travaux de la guerre
" N'exigeant plus les soins de Mars,
" La Paix, les Lettres, tous les Arts,
" De leurs dons orneront la Terre,
" Fixeront avec eux au séjour des Mortels,
" L'Age d'Or, dont l'Orgueil abattit les autels.

C

" Colons paisibles d'Amérique,
" Vos fronts, de labeur absorbés,
" Seraient-ils plus long-temps courbés
" Sous les traits d'un vouloir inique ?
" Vous, antiques forêts, ô lieux chers à mes jours !
" Gémirions-nous sans cesse en vos vastes contours ?

" Par quel coup, de nos anciens pères
" Nous sépara le sort fatal !
" Etait-ce un Règne libéral,
" Celui qui trafiqua des frères ?
" Les Mânes éplorés d'Indiens, de Français,
" Entendraient-ils en vain mes soupirs, mes souhaits ?

" Mais une époque fortunée
" Sort des voiles de l'avenir ;
" Bientôt tous nos maux vont finir ".....
Il dit : et mon âme étonnée,
Rappelle avec transport le Druïde Indien,
Son esprit prophétique, et son docte entretien.

Douce illusion du Génie,
Age de vertus, de bienfaits,
Fécondes, par d'heureux effets,
Les charmes de la Poésie !
Puissent, ô Genre Humain, tes actes, tes plaisirs,
Egaler, en ces temps, tes célestes desirs !

F I N.

SONNET - ACROSTICHE. (*)

NAPOLEON LE GRAND.

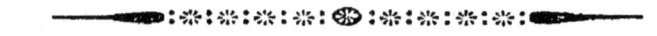

N estor *dans les Conseils*, César *aux champs de Mars;*
A ntonin *pour les dons*, *et* Minos *comme Arbitre;*
P ériclès *excellé*, *dans la gloire et les arts;*
O rnement *et soutien de* Rome *et de la Mître:*

L ui seul, *des Potentats*, après *mille hazards*,
É tablit mieux qu'Henri *le Souverain Chapitre.*
O n l'a vu, *des Français guidant les étendards,*
N é sublime, *et Monarque*, agir *selon ce titre.*

L a Diète Européane, *adonnée au bonheur*,
É ternise, *révère un Pacificateur*,
G ardant *tous les Pouvoirs en une paix profonde.*

R ichelieu *créa-t-il un système plus grand?*
A utocrate *du Nord*, *et vous*, Tyrans *de l'Onde,*
N 'armez *point contre vous ce Guerrier transcendant:*

D ictateur *de l'Europe*, et Protecteur *du Monde.*

FIN.

(*) *Publié le 8 Mai 1806.*